ごきげんよう！

和泉なおふみ

流れ星
目で追いかけて
願いごと
願うことなど
無常の風

和泉なおふみ

Parade Books

飛行機が滑走する！

自分の欲しいものが夢となり、それに向かって走り続けました。
青空に飛行機を見ながら唇を噛みしめて大きな夢は幻と思っていた頃！
夢のかけらを握り拳の中に、握りしめる度に
大きな夢は幻ではないと気づいた季節の変わり目！
移りゆく時代の狭間で、人生の生きがいを確認出来ました。

いつか人は死んで土に還らなければならない事を
この世に生まれた時から知っていた自分！
うつ向いて泣いてはいられないと、
涙を勇気にかえて飛行機が飛ぶ空を追いかけていた！

　　　　　　　　　　　　　　　和泉なおふみ

自分の為に！

薔薇のようにみんなから愛される自尊心を保つ花もあれば
密かに我が身可愛さで、野山に赫然と咲き誇る一輪草ありき！
また、誰の為にでもなく、わがままでもなく！　自分を知る為に！
そして、手前勝手と言われようがありのままの自分を愛する！

桜のようにみんなから愛されて優しく控えめに咲く花もあれば
密かに我が身可愛さで、野山に赫然と咲き誇る一輪草ありき！
また誰の為でなく、自分に素直にそして優雅に人生を生きている！
この世に生まれ死んでいく、だが人生の感動は喜びの中にあるからだ！

自分は、自分の為に川を下り滝壺を潜り抜けて海に向かって希望へと泳ぐ！
自分なりの花を人生に矜恃と共に咲かせ、賞賛の叫びの中で血沸き肉躍る！
人生の感動は、誰にも支配されず自分自身に連携し合い素直に生きる事なんだ！

自分の為に人に優しい言葉と転んだ人を助けたりする布施と心施を行う！
そして「こんにちは」と笑顔で人々に和顔施をお裾分けしてあげる！
人生の感動は、自分自身を知る事で喜びに変わる事だからだ！

和泉なおふみ

渇愛

恋は盲目！ それとも愛の予感？ 恋は盲目！ それとも愛の錯覚？
バレンタイン・デーに心惹かれる人へ義理チョコと言ってハート型のチョコレートをあげた！
彼は甘い物に目がなく私に微笑んでくれたけど、私には興味がなくチョコを喜んだ笑みなのか？
彼は北海道出身でアイヌの血が混成し、水泳が趣味で筋骨隆々の肉体美を私の瞳に露出している

バレンタインを境に、彼の微笑みを見たさに私は好い鳥を装い甘味を贈与する雰囲気になった！
私は、彼のワイシャツから浮き彫りの筋肉と笑顔に取り憑かれた様に蟻に化身し彼を渇愛した！
私は夜毎彼の妄想を夢見てあなたの腕に抱かれたいと偲び、無い物強請りの愛欲に燃え続けた！
彼の私に対する微笑みは、私を欲しい渇愛からなのか？ それともただの甘味への渇愛なのか？

恋は盲目！ それとも愛の予感？ 恋は盲目！ それとも愛の錯覚もしくは無常の風？
この世の全て現在起きている出来事は風の如く突然、幾許も無く消えてしまう無常の風のよう！
自分の欲しい夢や愛を勝ち取ったとしても欲望は限りなく湧水の如く吹き出して終わりが無い！

恋は盲目！ それとも愛の予感？ 恋は盲目！ それとも普遍的な愛もしくは渇愛？
好きな感情が心に生まれてしまうとそれに伴い、虫歯の様な重苦を客観的な事実と認める！
凡ゆる出来事は納得する前に消えて、無常という結果をもたらして渇愛が生み出されて行く！

　　　　　　　　　和泉なおふみ

沈丁花

沈丁花の香りは計り知れない愛の匂いがしている。
ボクも沈丁花の香りになり、君を官能してしまいたかった。
そしたら、朝まぶたを開いた時に君の寝顔を見つめる事が出来た。
沈丁花の香りは恋する者達の希望の媚薬を降り注いでいる！

名前も人々から「ちんちょうげ」「じんちょうげ」と呼ばれて
どっちが名前かあだ名か分からない、おかしい沈丁花
沈丁花は生まれたふるさとを離れない！ 移り住むと枯れてしまう！
ボクは、氷の心を抱きしめてふるさとを去り死んでしまったけど！

雨水の季節が過ぎ、春の足音が聞こえ始めると何処からともなく
沈丁花の香りがあの日の想い出を、やさしく静かに蘇らせてくれる。
ボクは、沈丁花の香りに官能され、君とふるさとを失ってしまった。

それとも、富士山を背景にうつる茜色の夕焼けにあきてしまったかも？
そして、それ故に、沈丁花の匂いに化身してしまって、
風と共にまたどこか知らない街で、君が居るふるさとを見つけてみよう！

　　　　　　　　　　　　　　　和泉なおふみ

桜を見ながらやさしく感じています

まだ、悲しみを理解するほど生きていないけど、
自分の悲しみに耐える事は、まったく悲しくない！！　だけどネ！
人が傷ついて悲しんでいるとか、病人が哀しんでいるのを見たりすると、
心がとても、引き裂かれそうになります。

自分の悲しみを克服すれば、もう、悲しい事はないと思っていた。
まだ、悲しみを理解するほど生きていないのに、甘かったと感じています。
そんな事を青梅線の窓に映る桜を見ながら、心にやさしく感じています！
まさか、人の悲しみで、自分が涙するとは夢にも思っていませんでした。

子供の頃は、自分のオモチャが欲しくって泣いていたのに、不思議です。
僕には、ただ、泣いてあげる事しか出来ないし、
言葉を口に出せば、相手を深く傷つけてしまいそうです。

ただ、震える姿を、下弦の月と一緒に見守ってあげられるだけです。
唯一、花吹雪が、悲しみを消してくれる魔法のようです！
だから、自分だけは笑顔で素直でありたいと、青い空を見上げた。

　　　　　　　　　　　　　　　　　　　　　　和泉なおふみ

桜の花びら

雨の雫は、悲しい雫の一滴のように意外に重たいですネ！
きゃしゃな桜の花びらにとっては恋の雫の荷が重すぎて
恋の雫に耐えきれなく悲しい恋を忘れ去りたい感情に揺らされます！
悲しい恋の雫を桜の花びらと共にひとひらずつ忘れてしまいたい！

桜の花びらが一枚ずつ散るたびに美しい想い出が未来の勇気になり
そしたら、その雫の重さも少しは輝きに見えて来ますネ！
桜の木の下に落ちた桜の花びらも太陽の光によって、雪景色のような
白い銀世界のような輝きに見間違えそうな時もしばしばあります！

私の涙の雫でもあるし、恋の転機になる桜の花だからです！
満月の夜に桜の木の下で死んでしまいたいという気持ちになり、
いやがうえにも桜の美しさに魅せられ、酔いしれてしまう！
ほら！　桜の花びらが月の光で宝石のように輝いて咲いている！

和泉なおふみ

写真　山口勝也

Picture　Naofumi Izumi
写　真　和泉なおふみ

高崎白衣大観音

白衣大観音様、お願いです。
私達を、死ぬまで一緒に居させてください。
永遠の愛を、教えてください。見守り続けてください。
もしも、二人が引き裂かれるなら、この世も終わりです。

白衣大観音様、お願いです。
私達を、死んでも一緒に居させてください。
永遠の愛を、どうぞ授けてください。
もしも、二人が引き裂かれるなら、あの世でも終わりです。

白衣大観音様の伝説は本当ですか？ それとも迷信ですか？
「観音様は焼き餅焼きだから恋人同士を別れさせる」って
もしも、二人が引き裂かれるなら、命は要りません！

白衣大観音様、どうぞ後生で御座います。
私達二人生まれ変わっても、愛し続けさせてください。
そして、永遠の愛を授けてください。だからどうぞ後生で御座います！！

　　　　　　　　　　　　　　　　　　　　　　　　　和泉なおふみ

水先案内

夢の中で入道雲が広がる青空の下で、見知らぬ人と話している自分を見た。
自分は誰と青照るの光の中で話しているのか？　守護神かなぁ？
ボクの夢を実現させてくれる夢先案内人だろうか？　あの人は誰だろう？
それとも、ボクを安全に人生を歩ませてれる水先案内人だろうか？

誰かが「こっちへおいでよ！」と鈴を転がす様な声でボクに手を振って言った！
「でも、深そうで河底が見えない、橋がないから河を渡ってそっちへ行けないよ！」
とボクはその向こう側の髪の長く着物を纏った美しい艶姿の女性に大声で言った！
「しかしあの女性は若い時のボク妖艶の母に瓜二つだなぁ！」とボクは唾を飲み込んだ！

そうすると女性が「河へ飛び込めばこちらへたどり着けるわよ！　大丈夫よ！
あたいサァ！　足を怪我しているから河を上手く渡れないわぁ！　お願いよ！
あなたの肩を貸してくださる？　あたいの家は河のほとりなのぉ！　助けて！」

「よしわかった！」とボクは河へ飛び込んだはいいが、ボクの身体は河底へと
深く深くと沈んで行った！　誰か、ボクの手を掴んでくれ！　沈んで行く！　助けてくれ！
ボクは息が出来ずに河の中で沈みながら死にもの狂いで手足と身体を踠いていた！

「もうダメだ！」という戦慄の瞬間に、雨音でまぶたを開いた！
やった！　彼女の家から脱出が出来た！　頬には涙がいっぱいだった！
彼女は、水先案内、夢先案内人、そして、ボクの母でさえもなかった！
彼女は、厄病神でボクの魂を喉から手が出るほどに欲しかったんだ！

　　　　　　　　　　　和泉なおふみ

失われた愛

たとえ俺達の愛が失われても、たとえ俺達の愛が失われなくとも人生は一度きりだ!
この先俺はいったい何を手がかりに、いつまでお前を待ち続ければいいんだろうか?
前世で俺達は結ばれる事が出来ず、この世で何度も同じ事を繰り返すのはもう沢山だ!
ねえ! お前はいったい俺の事を本当に愛しているのかい? それとも……

いっその事、お前が俺へ愛しているの代わりにさよならを言ってくれたなら、
俺は夏風のようにお前のそばから静かに消え去ってしまうだろう!
そうしなければ俺は何処へも行けやしないし、お前の事が頭から離れないんだ!
お前は俺にいつもこんな風に言ったよな!「あなたをしあわせにするのは私の務め!

あなたが私を愛するよりも私はそれ以上にあなたを愛している! 私にそれ以上言わないで!
あなた!」今すぐにお前の笑顔が見たくてたまらない! おい! お前は何処にいるんだい!
天使のようなお前に「お前なしでは生きられない!」なんて言っている訳ではないんだ!

ただ、俺はお前が愛しているのかどうか知りたいだけなんだよ!
俺の事をどう思っているかを訊くなんて、本当に俺は野暮な人間だろうか?
どんな事があろうと、俺がお前と一生涯共に出来たらどんなにしあわせだろうか!

                           和泉なおふみ

写真　山口勝也

五月の風が吹く頃、友達によろしく！！

いつの間にか春風が吹いたと思ったら、もう五月の風に変わっていた。
時間が流れても、切ない思いは悲しい時のまま。
海の青さを見れば、真実が見えると思ったけど……
涙で街が滲んで海の様！　もう何も見えない？

誰の声も、呼ぶ声も、聞こえない青緑色の季節。
でも、夜あまりにも海に映る月が美しすぎて、恨み事は消えてしまった。
もう心は、クタクタ、泳ぐ事も走り帰る事すら出来ない？
なぜ？　五月の風！　答えを教えて！！　「真実は、うそつき？」

五月の風と後から行くから、東京へ帰りなよ！
最後の友達の声を心に抱いて帰りついた。
しかし、長〜いとても永いわかれ。とても,So Long！

どうしたのボク達の約束は？　だって,So Long！
いつまでも待っているよ！　だって、サ・ヨ・ナ・ラ！！
「そうなんだ」友達によろしく！！　五月の風

　　　　　　　　　　　　　　　　　　　　　和泉なおふみ

咲きはじめる薔薇

私は咲きはじめる薔薇を見つめるのが大好きで、時間を忘れてしまう程です！
きっと未来で誰かに逢えそうな予感がして、恋のはじまりのようにも見えるから！
そして、私は恋する人を思い焦がれ、雨上がりの虹の下で初夏の風を頬へ感じている！
だから、うつ向いている私を励ます咲きはじめのトキメキを感じる薔薇が大好きです！

だってあの人がそばにいるような微笑、吐息、そしてささやきを感じて咲き薫ようだから！
「さようなら」とおどけてあなたへ言った初夏の青楓のしあわせの輝きの中で暮らしたかった！
また薔薇の咲く緑青色の季節に、お互いの心が白熱した場所に再び二人で来ようと約束してから
あれから何度目のさようならの薔薇の季節を目映い光の中で、私はひとりで迎えただろうか？

だけど、私は咲きはじめる薔薇が大好き！　「もう、ひとりで生きていけるけど！」
だって、恋のはじまりのようにも見えるから！　「しかし、誰かと未来を一緒に歩みたい！」
そして、あの人がそばにいるように咲き薫ようだから！　「あの恋をもう一度！」

新しい人生をスタートした時の新鮮な感じが漂う、咲きはじめる薔薇が大好き！
だって、夢の数々や麗しい恋が、現実に咲き誇る幸先を未来予知させるようだから！
だから、初夏の緑青色の季節の咲きはじめる薔薇が、私は一番に大好きです！

和泉なおふみ

写真　伊藤建雄

お母さん

初めての小学校の遠足の日の前の夜に、
ボクの気持ちが興奮して眠れなかった時
お母さんと一緒に寝てもらった温もりの想い出！

怖い夢を見て「お母さん！」と叫んだ
夜のしじまの闇の中で、希望への行き先をも見失ったボクに
恐怖の心を忘れさせて、信じる心に育ててくれたお母さん！

いつまでも、ずっと、ボクのそばで元気よく
微笑んで欲しい、ボクのお母さん！
きょうも青空の下で、お母さんと一緒だネ！

     和泉なおふみ

鈴蘭

ほら、しゃがんでごらんよ！
そうしないと、鈴蘭の花小さくって見えないよ！

きっと、そうだと思う。
小さな頃に、この鈴蘭に会った事あるよ！
まだ、夏が来る前の緑の季節だと思う。

あまりにも、ちっちゃい花だから、きっと大きく花が育つと思った子供の頃！
もっと、もっと、大きくなれ！　アイリス色の空には、鯉のぼりが泳いでいた。
なぜ、風の中で泳ぐのか？　どうして、空で泳ぐのか？？
とても、とっても、不思議だった子供の頃。

きっと、そうだと思う。
小さな頃、この鈴蘭に会った事あるよ！
まだ、夏が来る前の緑の季節だと思う。

風の噂によると、鈴の音ってしあわせを運んで来るとか、
持って来るとか、来ないとか？
もしも、それが真実ならば、ボクにしあわせをちょうだい！
しかし、しあわせって何？　どんな形かわからない。
たぶんしあわせと感じなかった頃だと思う。

もう一度、行ってみたいしあわせの国。
そして、再び感じてみたい子供の頃の小さな気持ち！
だから、鈴蘭色のそよ風が、
きっと、鈴の音を鳴らしてくれると思う。
きっと、そうだと思う。きっと……☆★☆

和泉なおふみ

もみくちゃな花

引き合わない想い出の扉を開けて、愛していた君と一緒に行った場所を覗いてみたい！
そしたら、馬鹿だけど愛していた君の甘い桃色の笑顔がもう一度見れそうな気がします！
もう一度だけでいい！ 君に会って未来の事だ！ そう！ 結婚の話をしたいなぁ！
あんなに皮肉や嫌われたのに、君の香りのする部屋で君の帰りを待ちくたびれていた！

他の誰かと楽しそうにデートしている事を承知で君の帰りを君の部屋で待っていた！
花屋で買った君の大好きな桃色の薔薇を滑稽に眺めながら君の微笑みを浮かべていた！
あんなに嫌われていたのに「部屋には来ないで鍵を返して！」と何度も言われて聞く耳持たずに！
好きで我慢が出来ずに君の恋のゲームにもてあそばれても、喜んだ自分の哀れさを嚙み締めた！

あんなに小馬鹿にされたから「結婚してくれ！」なんて到底何も言える訳ないから泣き崩れた！
誰かから電話があり「大丈夫ひとりよ！」と君が電話の向こうの彼に無邪気な声で言った！
君は微笑んでボクに人差し指を立て唇にあてて、ボクの心をもみくちゃに鼻で大笑いした！

それでもボクは君を忘れる事が出来ずに情けない自分だが君のマンションの扉を開け続けた。
もしもあした君に会えなければ死にたい気持ちで、君が誰かとデートしてても構わなかった
そして君と一緒に行った海沿いのサイクリングコースの破れた写真が涙のしみと共に残っただけ！

和泉なおふみ

友情

ボクはもっと時間をかけて君を知りたいんだ！！
本当の事を言うと「これから先ずっと君と一緒に居たいんだ」
初めて出会った時、そう心に感じた。
恋心にも似ている様な友情、ワインを飲みながら振り返った。

これからやって来る季節を、君と一緒に感じながら
君はスパゲティーが好きなんだ！　ボクは赤ワインが大好きなんだ！
そうお互い少しずつ、スキップするように知りたいんだ！！
恋心にも似ている様な友情、僕達ともだち、それとも恋人？？

決して喧嘩しても、別れても、そして涙に変わらぬ様ボクは君を知るつもりだ！
もしも、君がボクにうそをついても、真実を話すまで君の言葉を信じるよ。
恋心にも似ている様な友情、結婚しても忘れないでネ！

葡萄酒を永い時間ねかす様に、僕達の友情をこのまま育てて行きたい！
恋心にも似ている様な友情、これから若くなくなってしまっても、心に感じたい！！
もしも、この世に神様が居るのならば、永遠にその憶いを授けてください。

和泉なおふみ

おか惚れ

二子玉の人ごみの街をひとり彷徨い歩いていると何処かで会った様な女性に会う！
きっと映画で見た女優に似ているのかも知れないと想い我にかえる片想いの夏の日の午後！
いつものサ店で会う妖艶なウェイトレスが「ご注文は、何にしますか？」と注文を聞く！
もう、三年三ヶ月もウェイトレスを知っているのにそれ以上、名前すら知らない！

ボクがサ店のテーブルでカフェオレを飲みながら仕事をしている判で押したような日々が過ぎる
風の中で、ボクの瞳は探偵の様に彼女を偵察している可笑しな自分が心を覗かせている気分だ！
彼女は指輪をしていない！　仕事中に訪ねて来る恋人らしき男性は誰一人も見た事がないぞ！
彼女はコカコーラの瓶の曲線美で子供も今までサ店で見た事も訪ねて来た事も一度もなかった。

ボクは青いエプロンが似合う彼女を三年三ヶ月も片想いをしている内気なおか惚れ男だ！
「今度、江ノ島が見える丘の上のレストランでも食事に出かけないか？」と誘惑しよう！
しかし、次の日にサ店には、ボクの艶かしいウェイトレスの姿は何処にも見えなかった！

ウェイターが「ご注文は？」と聞くや否や、ボクが、「あのウェイトレスはどうしたのですか？」
「あ〜ぁ！　愛ちゃんは父親が病気とかで、ここを辞めて生まれ故郷の伊豆へ帰りましたよ！」
あのウェイトレスは落花情おれども流水意無しで、桜の花吹雪の中で消えてしまった仙女の様だ！

和泉なおふみ

写真　徳丸弘

下を向いていたら虹は見えないよ！

悲しい事があってひとり部屋で音楽を聴きながら
物思いにふけっていても何も始まりませんネ！
窓から外へ飛び出すように元気に笑って過ごしたいです。
笑顔は、全ての問題を解決してくれる手段ですネ！
そしたらあしたの空に、夢の虹がつかめそうな気がします！

わかれの手紙が届いて、ボーッとテレビをひとりで見ていても
何ひとつ整理も出来ずに未来へ進めませんネ！
車で真夜中のハイウェイを飛ばして、すべての恋を水に流して
忘れる事も良い薬になり、未来の光が輝いて来そうです。
そしたらあしたの空に真っ赤な希望の夕日が虹と共に見えるだろう！

友達の約束をわざとすっぽかして、部屋でひとりコーヒーを飲んで
今更後悔しても何も始まらない！ ただの後の祭り！
彼奴のお気に入りのワインを片手にして「お前の家へ！ 今から行くよ！」と
電話して、笑顔を彼奴へ見せればいいじゃあないか！
そしたらあしたの空に、白い鳩が虹に向かって飛んでいる風景が輝いている！

虹を追いかけていたあの頃の自分はいつもないものねだりの青い鳥！
きのうの自分よりも、もっともっときょうの自分を愛するように生きて行きます！
そしたらすべての自分の夢が、青い空と海にまたがる虹に未来が見えて来そう！

和泉なおふみ

Picture　Simon W. Rodgers
写　真　サイモン・ロジャース

愛の証明書

愛はひとりでいくらでも語る事が出来る。
「あの人も私と同じ気持ち、そして運命の人に逢えた！」と
だって、君のひとりごと、ひとりよがり、そしてひとり芝居だから！
相手の愛のささやきを、愛の証明書にかえようとして！

愛はひとりでいくらでも呪文を唱えるように物語を創れる。
「あの人は私だけに、はにかみ屋さん、そして運命の星を見つけた！」と
だって愛というものは、二人で愛を奏でて「真実の愛」を確認し合う！
愛には二人の向きあった瞳があれば、愛の呪文や証明書はいらない！

相手から一生懸命に、愛の証明書を手に入れようと私利私欲に溺れる！
あの人は、私を迎えにきっと来てくれる。そして、運命の人だから！
それでもなおかつ、愛は意思の疎通をはかると語り続けますか？

自分の心のページに相合い傘を落書きし、自分だけの愛に酔いしれている。
たとえ君が最愛と思っている人へ熱いメッセージを送ったとしても
それでもなおかつ、愛に服従していると宣言して居すわり続けますか？

　　　　　　　　　　　　　　　　　　　　　　　　和泉なおふみ

写真　本田志麻

遺言状

日毎夜毎子供の頃の様に元気で砂浜を駆け回り冷たいソーダ水を飲み干して
青い空に手を着こうとして、思い切り右手を空へ掲げて、青空へ飛び跳ねた！
海に映る青空へこの手が届いたと思って大笑いして潮風を感じて吸い込んだりして！
これが生きているんだなと不思議な気分になり、生まれて来た事を覚えていたら素敵だ！

もしも生まれる事が判るのなら、そして覚えているのならどんなに素晴らしい出来事だろう！
でも、それはお父さん、お母さんしか知らない素晴らしい人生の出来事なんだよね！
お父さんがお母さんを愛していたからボクが誕生したんだ！　それともお母さんがお父さんを？
そしていつの日か、母から生まれて、そして母なる大地へ還らなければならない事を認知して！

怪我をして飛べない鳥が赤い薔薇の下で、右の羽根を広げ動かし空に向かって鳴いている！
きっと青空を再び飛べる事を祈りつつ飛べない鳥は遺言状を仲間の鳥達へ伝えているのかも？
現在を精一杯生きる事がボクの遺言状かも！　ボクはそっと水とパンのかけらを鳥へ与えた！

風を感じながら、海沿いを気分良く一人で、ドライブしていて、もしもの事があったらと思い！
生まれた様に死ぬ時も覚えてはいないよ！　何の意味で誰の為の不幸を招く遺言状なんだよ！
ただ一つだけ言える事は、母なる大地へ還り星の輝きの一つになる事だけなんだよ!!

和泉なおふみ

Picture　Simon W. Rodgers
写　真　サイモン・ロジャース

恋の追いかけっこ

おい！ お前何ボ〜ッと立っているんだよ！ 何を持っているんだ右手に？
お前まだ彼女へ手紙を渡していないのかよ！ どうしてなんだ！
そうなんだ！ 渡すタイミングを逃して、彼女いつも薫と一緒なんだ！
手紙かしてみろよ！ 俺が渡してやる！ そうか！ ありがとう！

たかしとは、幼なじみの親友なんだけどサァ！
本心を告白すると、俺も彼女の事をず〜っと心に秘めていたんだ！
たかしの彼女行きの手紙を海に流し、引き換えに砂浜で拾った
白い貝殻を彼女にやさしく内緒に渡そう！ 秘密！

海の香りと波のささやきがいっぱい詰まった白い貝殻！
きっと、彼女が喜ぶに違いないぞ！ 微笑みが見えてくる！
ついでに、俺の恋する気持ちも白い貝殻にたっぷり添えて！

恋は追いかけっこ、早い者勝ち！
裏切りの心を、砂の城に隠して！
「内緒だよ！ 秘密だよ！」と潮風が噂する！

放課後、たかしが手紙の事を尋ねてきた！
ボクは無表情で「彼女は微笑んで手紙をカバンに入れた。もしも彼女から
返事が戻ってこなかったら、それが返事なんだよ！」と言った！

恋は追いかけっこ、早い者勝ち！ 最後に笑う者は、早い者勝ち！
「内緒だよ！ 秘密だよ！ でも、ボクは知っているよ！」と海がささやいた！
恋は獲得が出来たけど、後ろ髪を引かれる思いが心に深く残った！

　　　　　　　　　　　　　　　　　　　　　　和泉なおふみ

Picture　Simon W. Rodgers
写　真　サイモン・ロジャース

永遠の夏

夢のように永遠に続く夏が、またきょうもボクの瞳の中で広がっている!
君が去ってしまった熱い砂浜の日から、想い出の君を永遠の夏の中で探している!
きっと永遠の夏の何処かに君がいる、そしてまた逢える事を信じて青い海を見ている!
白い砂浜に残った足跡を辿りながら、永遠の夏の中をただあてもなくボクは彷徨っている。

夏の暑さで乾いた涙も、茶色く焦げてしまった枯葉のように想い出さえも薄れて行く!
暑さで情熱すらとけてしまった事を知ってても、何処までも続く水平線を眺めて
潮風になびくヤシの葉が誰かの影に思え、君と見間違えた太陽の光の中で、
愛の亡霊は、永遠の夏の闇の中を赤いハイビスカスの花と彷徨っている!

白い砂浜で君を見たと錯覚した。あの夏の日の君の陽炎に過ぎなかった!
「ごめん! 君をひとりにして! ごめん! 想い出の君を永遠の夏の中で探している!」
君は「サヨナラ!」と手を振ったけど、あしたきっと君に再び逢える事を信じて!

想い出の君が、永遠の夏の中で彷徨って、二人のテーブルを探している!
オレンジ色に光る海を見つめながら、面影の君を終わらない夏の中で探している!
君は「サヨナラ!」と手を振ったけど、あしたきっと君に再び逢える事を信じて!

和泉なおふみ

Picture　Naofumi Izumi
写　真　和泉なおふみ

夏のガラス

青いガラスを通して見る立川の景色が、とても懐かしい街に似ている気がします。
ステーション・ビルの９階だから、故郷の町まで見えそうな、そんな気がします。
流れる雲で、風の方向が分かります。もしもその雲について行けば、僕の生き方解るかナ？
でも、風は海からも山からも吹くから、どの道を進んで良いか分からない。

秋になったら青いガラスを通して見る山々が燃えるような赤、
それともひまわり色に映るのか、とても待ちどおしくってその季節が楽しみです。
もしかしたら、この窓ガラスから虹なんか見れるかもしれない。
そしたら、僕の生き方や夢の方向が、見えてくるかも……？

飛行機がトンボに見えたり、人がアリンコに見えたりしてこの風景も楽しいけど不思議です。
山が手に届きそうな感じがして、青いガラスがまるで虫メガネの様でビックリした！
そしてボクは、東京の街に居たんだとハッキリ感じた。

どうして飛行機の残す雲は、真っ直ぐなんだろう？
そうして空を見つめているうちに、風が飛行機雲を消してしまった。
もう一度、あの夏の青いガラスの向こう側へ、行ってみたい気がします。

和泉なおふみ

青い季節の流れの中で……

ふるさとの、水の色を想い出せますか？
水辺で遊んでいた水鳥の声。
キラキラと水面に光る、ふるさとの水の色。
そして、東京の水に少しは、慣れましたか？

夏にふるさとの海へ会いに行くと、つい、そんな事をつぶやきます。
人生ってなんだろう！　社会の流れってなんだろう？
決まりという名のレールの上を、いつも、走っている。
青い季節の流れの中で、ため息を雲に乗せています。

少年の頃の純粋な心は、ずっと想い出の中で大切にしては、いけないのですか？
あまり、水がキレイすぎると、魚たちは生きられません！
すこし、濁っているぐらいのほうが、魚たちは、泳ぎやすいし生きやすい。

透明な水が、美しいとは、限らない！
人生ってそうなんだろう。社会の流れなんだろう。
天使になれとか、悪魔になれとか、そんな問題じゃないんだヨ！

　　　　　　　　　　　　　　　　　和泉なおふみ

水色のトレーナー

ボート・ハウスの水色のトレーナー
君といつも一緒に色々な街へ旅したネ！　覚えている？
君とボクが一緒に見た海の色、空の色を！
そして、熱い恋の色も……

夏風もやさしく吹いていたネ！
いつしか、時間が流れて行くうちに
君の事を忘れかけて色あせちゃったよネ！
くたびれちゃったよネ！

誰も悪くはないんだよ！　本当に！
ただ、ただ時間達のいたずらだよ！
本当に誰も悪くはないんだよ！

想い出の水色のトレーナー
くたびれちゃったよネ！　色あせちゃったよネ！
本当にくたびれちゃったよネ！

　　　　　　　　　　　　　　　和泉なおふみ

ありのままの自分

だから、私はひとりが好き！　とても、孤独でも！　だって私は疎外感を憶えないから！
自分と話して、自分に期待して！　そしてありのままの自分を自己受容して微笑んで下さい！
草原を犬と走り抜けて元気で健康な時は、ひとりが一番気楽で筆舌に尽くし難いですよ！
誰かが恋しい時には、想い出に酔いしれてひいきな音楽を聴いて枕を濡らすから大丈夫！

花達は、自分の為に青空に咲き誇る！　まるで一輪一輪孤高のように咲き競っている！
そして、花の香りを青空にまき散らし蝶や蜂達へ愛情を注ぎ地球を青く維持している！
自分の為に、誰の為でなく！　ありのままの自分の生命に咲く！　私利私欲を備わず！
精一杯に自分に威厳を持って、勇気を振舞って短い季節を、イヤ！　命を生きている！

だから、私はありのままの自分が好き！　でも、私は一匹狼ではないから！
自分に問いかけて、自分に優しくして！　そして自分に無理なく等身大でいてネ！
自分で決めた道を歩んで失敗したとしても、後悔や愚痴る事なく泣けるからネ！

鳥達は大空を風に乗ってありのままの自分になり自由に凛々しく飛んでいる！
追い風に逆らって大空を飛んだとしても汗を流すほど辛い事を知っている鳥達！
だから、私もありのままの自分になり、自分を見失なわず威厳を帯びて夢へ驀進する！

　　　　　　　　　　　　　　　　　　　　　　　　　　　和泉なおふみ

青天井

朝、雨上がりの空を見上げながらゆるやかな時間を加速してドライブをしていると、
昨夜の憂鬱な気分と逆様に太陽の輝きと虹が空に見えた喜びと未来への期待を抱き！
夢が叶う魔法の呪文を唱え、悲しい気持ちを振り向きながら涙を風に散らした！
今度はボクの心の中の夜空に流れ星を探そうと希望の星を夜空へと投げつけた！

ボクの涙がいつか大きな夢へと変わるように心から信じて祈り願い続けた！
「たとえ、夢が崩れ去ろうとも、健康でまた虹を見る事が出来たら、しあわせ！」
と、そっと世間の凍りつくような冷たい風に、相手に弱みを見せぬようにつぶやいた！
そして、ボクの空を青く、青天井よりも青く描こうと自分を信じて心に誓った！

悲しい気持ちになって戸惑った時は、ボクの空に夢を海のように大きく青く描こう！
誰かが涙でいっぱいな気持ちの時に、ボクの満天な星空に流れ星がすばやく流れた！
その瞬間にみんなの涙がいつか希望に満ちた夢に生まれ変わるように心から祈った！

「たとえ、夢が消え去って何も未来が見えなくなったとしても、健康でまた虹が見る
事が出来るから！」と、そっと、ボクの大空の下に吹くやさしい夏風に微笑みかけた。
また、ボクの空を青く、青天井よりも青く描こうと自分を信じて心に約束した！

　　　　　　　　　　　和泉なおふみ

Picture　Simon W. Rodgers
写　真　サイモン・ロジャース

愛言葉

友達に「また！ あしたネ！」と言う代わりに
「おやすみ」と言って放課後に別れていました。
まるで合言葉のように使っていた「おやすみ」
今そんな遠い記憶を目が覚めたさわやかな朝に思い出しました。

そして月日が流れて叶わぬ恋を通りぬけて自分を許せるようになりました。
人を裁くのではなく、優しく見つめていられるように成長した自分です！
今の最愛の人に愛していると言えないから、愛の言葉が震えるから！
お互いに微笑んでいられればしあわせだから！ 愛を失いたくないから！

最愛の人に「愛している！」と言う代わりに
「ありがとう！」と言って笑顔で別れています！
私だけの愛言葉！ 誰にも内緒、秘密の愛言葉です！

最愛の人に「愛している！」と言う代わりに
「ありがとう！」と言って微笑んでさようならをしています！
私だけの愛言葉、そして、優しくさようならだけを見つめています！

　　　　和泉なおふみ

じゃあ、またネ!

あれは、いつのサヨナラだろうか？　覚えている？
「必ず電話するからネ!　絶対に手紙書くからネ!　だからネ!」
今思い出してみると、ただの挨拶のような言葉だった。
あの頃は、あしたの空も見られないくらい悲しい別れと思っていた。

ある夏の蝉のうるさい日、街角で友達に出会った。
もう、お互い遠い日の事のように、まるでTVスターを見る様に
遠く、静かに、遠く、友達の距離はサヨナラ以上に離れた。
「会えて嬉しいヨ!　元気にしてる？　急いでるから、じゃあ、またネ!」

そんな言葉を投げかけても、どうせ昔以上に友達になれない事を知っている。
たとえ、もし、二度と会えなくなってしまっても
ボクに似ている人に出会ったら、優しくして下さい!!

きっと、ボクも君に似ている人に出会ったら、やさしい言葉をかけると思う？
繰り返すサヨナラの中で、繰り返すサヨナラの向こう側で
かわいた涙が、そっとボクに微笑んだ。

　　　　　　　　　　　　　　　　　　　　　　　　　和泉なおふみ

あの夏の日を追いかけて！

お父さん、今度の夏休みは仕事をボクの為に休んで海へ連れってくれるよネ！
新しい水色のTシャツと赤いショーツを砂浜でお父さんへ見せたいんだよ！
ボクが魚の様に泳ぎが速い事をどうしてもお父さんへ知って欲しいんだよ！
だって、お父さんはいつも事務所に居て家には不在で他人の様な存在なんだよ！

家に居ても会社と電話で会議をして、ボクの事は何一つ知ろうとしないじゃあないか！
ボクがたい焼きが大好きな事を知っている？　残念だけど知るはずがないよネ！
だから今度の夏休みは、ボクを星の輝きの様な伊豆の青い海へ連れってョ！
もっと、海の色を知りたいんだよ！　お父さんと釣りの話を大海原でしたいんだよ！

あの夏の日のお父さんとボクとで築いた砂の城は、敵が来ても跳ね返したネ！
その記憶はまだボクの心の中で富士山の様に立ち聳えて宝物如くの砂の城だ！
そして、夕立ちの後に海に架かる虹を見たあの夏の日を鴎と共に追いかけている！

今年の夏もボクはひとりで砂浜で蟹と話ながら白い砂の城を築いている！
ボク以外は、誰一人すら住んで居ない砂の城は、波に呑まれて深い海の底！
お父さん約束だから、来年の夏休みは仕事を休んでボクと海で泳いでくれるよネ！

和泉なおふみ

写真　劔持光江

腹八分目に医者いらず！

お父さん、お元気ですか？　仕事は、スーパー・マンの如くに午前様をまだ続けていますか？
あまり自分の体を省みないで、寛いだひとときをお母さんと一緒に時間を過ごして下さいネ！
主人の病気も回復して、元気に家族と仲良く愉しくやさしい時間を羽根を伸ばしています！
何事も依存し過ぎない様に、腹八分目に医者いらずという様に、ほどほどにネ！　お父さん！

私も子供達には、過保護にならない様に子供の意志に任せて道を極める様に教えています！
何事も依存してしまうと、裏切り、挫折、失敗や失った時の絶望感から這い上がれないさら！
お互いに助け合う事は人生の生きて行く中で欠かせない事だけど自立と扶養を並行したいわネ！
何事も依存し過ぎない様に、他人と自分の課題を分ける様にして人間関係をより促進したいわ！

私も子供の相談相手にはなりますがあまり子供達の課題に首を深く突っ込まない様にしてます！
どこで引いていいか親子の境界線ですけど、私の意志を助言するのは我儘な独りよがりの様で！
私と子供達の課題はわけて親子同士で話をし、何事も依存し過ぎない様に自分を省みています！

この頃は、私も余裕な時間が出来まして車を飛ばして海の見える喫茶店へ足を運んでいます！
一人で海を眺めながらあの夏の日の江ノ島の海を顧みて、愉しく午後のコーヒーを頂いてます！
何事も依存し過ぎないように、お父さんとの想い出も顧みし過ぎない様に暮らして生きてます！

和泉なおふみ

写真　栗原成之

法師蝉〜ツクツクボウシ〜

今朝、犬を散歩させていると法師蝉が茹だる真夏の暑さの中で、笑う様に鳴いていた！
木の枝を見ると一生懸命に鳴いている雄蝉に雌蝉が邪魔するかの様に寄り添っていた！
蝉の地上での命が短いから、懸命に鳴いている雄蝉は、寄り添って来る雌蝉から逃げる様に
一歩二歩遠ざかり短い命の間に叶える夢の為に只管に太陽の日差しの中で鳴き続けていた！

恋も睦まじい間柄なら人生共に共有して、雨上がりの青空に架かる虹を見上げ歩んで行けるのに！
愛の求める法則が違う方向を行く二人には、その人生は無意味な空間でひび割れたガラスの様だ
例えば、二人三脚をして、どちらの方向へ行くのは二人の以心伝心の合意しか考えられない！
然もなくば転んでしまい優勝は儚い夢に様変わり、惨めな人生のど真ん中で放り出された様だ

人生を半分も過ぎた晩年の私にとっては、また新たに自分の理想や運命の相手というよりも、
気の合う友達ですら出会うのは中々癖のついた年齢になると魔法でも使わぬ限り至難な技だ！
時に、自分の為にお金と時間を費やし数々の夢を実現し健康な人生を死ぬまで愉しみたい！

法師蝉の鳴き声が遥か彼方へ響き渡る様に、自分の夢を心に託し法師蝉の鳴き声を追いかけた！
この世に生まれ寿命の長さは違うけれども、人生を限りなく自分に素直に生き嘘偽りもなしだ！
全ての人間は、皆な団栗の背比べだ！　自分を信じ、勇気を行動に変えた者達の勝利のみだ！

　　　　　　和泉なおふみ

写真　梛澤明子

輝くひまわり

太陽を追いかけて、追いまわして、
青空に咲き乱れ、キラキラ輝く
ひまわりの花が憎い!

　　　和泉なおふみ

写真　山口勝也

メロンパン

幼稚園へ行く途中でよろず屋に立ち寄りボクの大好物のメロンパンを買った！
そうだ、コーヒー牛乳を買おうか？　白い牛乳にしようか？　コーヒーかなぁ？
でも、メロンパンとコーヒー牛乳との甘さが喧嘩してしまうからどうしよう？
ふわふわのメロンパンの香りが授業中に気になって、とても興奮してしまった！

メロンパンの入った紙袋を開いたり閉じたりして、いないいないばあをしたりして！
でも、匂いで先生に気づかれてしまって、奪われたらと恐怖心の瞬間を予感したりして！
今だ！　もう一度メロンパンの入った紙袋を覗いて、メロンパンに微笑みをかけました！
「お昼までボクを待っててくれよ！　やさしくメロンパンを食べてやるからサァ！」

もしメロンパンとコーヒー牛乳が口の中で喧嘩したら、彼らをボクが説得してみせる！
でも、匂いで先生にメロンパンを持っている事が知れてお裾分けしなくてはダメかなぁ？
メロンパンを全部平らげる事が出来ないと考えて、怖気て手が震えて止まらない！

昨日教室で50円拾ったし、よろず屋で一個余分に買って今日の穴埋めをすればいいサァ！
「お昼まで、待っててよ！　焼き立てのふわふわのメロンパンを食べてやるからサァ！」
あ〜ぁ！　あの頃のふわふわなメロンパンをもう一度、コーヒー牛乳と一緒に玩味したい！

和泉なおふみ

死ぬまで怨みます！〜愛憎一如〜

愛と憎しみは紙一重！　あの野郎へ黒薔薇にカミソリを添えて送って報復してやる！
もう、許すもんか！　呪って死んでも憎んで怨み尽くし俺の生霊を飛ばしてやる！
愛されたいから誰かを愛するのではなく愛するから人から無償に愛されるんだ！
覚えておけよ！　この花の黒帯た紅色をなぁ！　あの血の憎しみを忘れる事が出来るか！

俺たちは愛していると誓い合ったあの日の青空は、ねずみ色の雲で覆われ嵐がやって来そうだ！
お前との永遠の愛を信じて疑いもしなかった阿保な自分に泣き、愛憎一如の炎をぶつけてやる！
草も眠る丑三つ時にお前に呪いをかけて、呪詛返しを喰らおうが、人を呪わば穴二つサァ！
だから、呪う自分と呪われるお前との愛は歴史になり血が滲んで死んでしまうのサァ！
丑の刻参りをしてとどめを刺すのサァ！　そして、世間から誹謗中傷をあびるがいい！
もうこれ以上何も難癖を言うな！　俺の怨霊が、お前の生きている存在を許せない！

俺のいつかの恋の黒赤の薔薇が青空の下で「私はあなたのもの」と咲き讃えていた！
あ〜ぁ！　黒帯た紅色の薔薇を見る季節が来ると懐かしい褪せた恋を思い出す！
手のひらに持てないくらいの血の様な赤い薔薇の花束をあの娘へ送った遠い日！
あの娘の微笑みを桜の花が散る季節に初めて見た俺の心は燃えて顔が綻んだ！

赤いペンで「死ね」と書いた手紙と黒薔薇をあの野郎へ生きている限り送り復讐してやる！
地獄へ堕ちて針の山で血を吹き出せばいい！　蜘蛛の糸さえ天からは降りて来ないサァ！
「他人を頼りにし期待を膨らませ過ぎて、裏切られた事に対して人を他因自果するのは駄目だ！
他人に依存し歪んだ自分自身の独りよがりな考え方に反省すべきだ」と神様が授与した！
俺は、黒薔薇が青空に咲く光景を見て泣きじゃくり手の平から浄霊の藁人形が零れ落ちた！

和泉なおふみ

写真　伊藤建雄

風 船

子供が虹色の風船を手の平に握りしめて夢を追いかける様に元気に公園を走り回っている！
突然青空に映し出された虹を見て、子供の手の中から七色の風船が虹に向かって飛び去った！
まるでボクの夢が空の彼方へ消えてしまう様に風船は虹に走り向かって飛び去っていった！
風船が子供の握り拳から離れて泣いている、ボクの代わりに空に向かって子供は泣いている！

中学生の時の莫逆の友が希望高校へ合格、ボクも親友に笑い喜び桜の悲しい花びらが降る季節！
ボクは親友とは、もう共に過ごせず、あの夏の高原へのサイクリングの様に走り続けたかった！
風船を青空に見るたびに湖で見た緑の美しさと風を感じた思いを抱きしめて大学の門を叩いた！
桜の花びらが沈痛に散る頃に莫逆の友を失い、桜の花びらが散る頃に新たな莫逆の友と会えた！

「夢って本当に叶うんだなぁ！」もっと早く誰かに教えて貰いたかった甘えん坊さん！
風船を手の平から離したわけではない、夢が叶うと信じていなかっただけなんだ！
でもまた風船を膨らませて夢が叶うと信じて夢を追いかけて公園を走る事が出来る！

「夢って本当に叶うんだなぁ！」早く自分自身で悟れば良かった！　もう誰にも依存しない！
誠心誠意に人生を歩んで素直に生きていたら、いつの間にか常しえの夢の花が咲いていた！
本当に夢は叶うんだよネ！　打算な心を捨て、そして夢は夢で終わらせたら駄目なんだよネ！

　　　　　　　　　　　　　和泉なおふみ

Picture　Simon W. Rodgers
写　真　サイモン・ロジャース

先生

花が咲いているのを見ていると、とても悲しくなって涙が出て来ます！
そんなボクの涙などお構いなしに、今の瞬間を力いっぱい咲いている花！
花はボクの先生か、もしかしたらボクの人生の助言者かもしれない！
険しい森の闇の迷路の中で風に揺れている花が夢の行き先を教えてくれる！

サァ！ 涙を勇気に変えて、度胸という名の種をボクの夢の場所へ蒔こう！
そして、元気よく自分の人生の喜怒哀楽を人に伝えて後悔なく生きて行こう！
その種の結果がいつ出るのか計算して三年後に咲こうとも枯れてしまっても
その種を育てる過程を惜しみなく愉しんで自分を無にして暮らして行こうよ！

いつの日か、ボクの人生が花盛りになり光風霽月の日々が未来に続くと信じよう！
何色の花が咲くのか胸高鳴って予想の出来ない愉しみで、如何にも待ちきれない！
人との出会いは素晴らしい奇遇で、筋書きのない人生の喜びは美的な偶然ですネ！

いつの日か、ボクの人生が花盛りになり光風霽月の日々が君と共に続くと信じよう！
人との出会いは素晴らしい奇遇で、筋書きのない人生の喜びは美的な偶然だよなぁ！
もし瞼を閉じてしまって二度と君に会えないのなら、愛してくれてありがとう！

和泉なおふみ

伊豆半島

すっかり忘れていた虹の色を、突然伊豆の海で見て、
子供の頃と同じだった事を思い出して、
心が泣いてしまった夏の日。
ふるさとの空は、とても、とっても海に近く感じた。

和泉なおふみ

Picture　Simon W. Rodgers
写　真　サイモン・ロジャース

桃色の秋桜

この間、山中湖へ行ったんだけど
そこに咲いていたコスモスの花が、やけに奇麗で大輪だったんだよね！

東京に咲いているコスモスは、ものすごく小さいんだよね！
色も都会の方がくたびれているみたい？

透明な空気で、大きな桃色のコスモスの花を見たいよね！

　　　　　　　　　　　　　　　　　　　　　和泉なおふみ

君に会いたい！　だけど……

誰かに恋した時、その人に会える喜びだけを感じていた！
それ以上の恋の期待や進行、そして告白はいらない！
あした偶然に色づいた街の片隅で君に会えるといいな？
そして、君に気づかれずに君の肌にやさしく触れてみたい！

そしてボクの魔法の吐息を君の心へと吹き注ぎたい気分！
でも恋に落ちるのが怖くない時に君に会いたかったな！
これ以上君に会い続けたらサヨナラを言えなくなる予感がする。
理由は説明が出来ないけど、ただ君に深く会いたい気持ち！

風に揺れる花、風になびく花！　それとも風と共に踊る秋桜！
まるで君の長い髪が風に揺れているかのように見える秋桜！
そんな胸の苦しみを知りながら、あしたも君に会いたい！

風に揺れる花、風になびく花！　それとも風と共に踊る秋桜！
まるでボクが泣いているかのように風に揺れている秋桜！
どうしてなのか説明が出来ないけど、あしたも君の笑顔に会いたい！

和泉なおふみ

写真　栩澤明子

美しい花はいつかは枯れるんですよ！

美しい花を見たいが為に、春一番が吹くと共に種を蒔き
水をやり肥やしをあげて、芽を出した苗を丹念に育てました。
それにつけ花に話しかけて、ボクの笑顔を見せて愛情まで注いで
早く美しい花を見たいという思いを、花達に託しました。

その過程で余りにもの毎日の忙しさに自分に余裕がなくなり、
あげくの果てに仕方なく10本育てていた苗を3本切り捨ててしまいました。
その残った7本すら、水やりと愛情をかけて育てるのが大変で6本の苗を
わざと毒を飲ませて枯らして、1本だけを大切に育てる事にしました。

美しい花を見れると楽しみに、その苗へ笑顔を毎日のように降り注ぎ続けました。
ある日、青々とした美しい葉っぱだけで、蕾すらつけずに元気に育っていました。
そして、ボクに実の1つも残さず、秋の紅葉の中に埋もれてしまいました。

後に残った空しい冷たい秋風がボクの手の平を通り抜けました。
近道をして、育てる過程を手を抜いて美しい花を見ようとした結果が
萌える秋の青空に、因果因縁という花を咲かせてボクの心の中に実を残した。

和泉なおふみ

道化師

一人朝日の登る砂浜を歩き、あと何回この素晴らしい景色を眺める事が出来だろうか？
人生は、長いようで瞬間のように終わりが来る事を目前にして知るや否やと悟りつつ！
自分の夢のチケットを右手に握りしめて自分一人で観客がいなくとも、空席を眺めながら、
私は、ひたすら熱い思いを体に燃やしながら、踊り続け夢の火花を会場に投げ飛ばしている！

この私の踊る姿が愛の炎に見えようが、滑稽な道化師に写ろうとも足を運みしめて踊り続ける
一人芝居で自己満足に見えようが否や、その道化師をしっかりと演じる事に精神を敢闘する！
悲劇のヒロインを実生活で演じている自分に、カメラとアクションの監督の声を勇気にして、
実生活の悲劇の自分を輝かしい映画のヒロインを的を射り、ハッピー・エンドで幕を下したい！

夜空を見上げて美しい満月が燦然と輝いていて自分の為だけに夜空の主役を演じている満月！
私は月の光を浴びて導かれるように踊り続ける満月のしじまの中で、満月を先生と移しかえて
私はあなたに抱かれるように鼓動が体に響くように、踊り続け夢の情熱を会場に降りそそぐ！

この私の踊る姿が愛に見えようが、愛の媚薬で恋を語る蠱惑者に見えようが、私は真実を踊る！
誇りと情熱で踊る私を誰一人とも、道化師とは呼ばせないようにしっかり演じたい道化師！
いつの日か喝采の拍手が会場から鐘のごとく世界中へ響き渡る日が聞こえて来る事を信じて！

　　　　　　　　　　　　　　　　和泉なおふみ

写真　増山正巳

青春時代

ボクがまだ、Kiss を知らなかった時、
「French Kiss」が、永遠の愛をつくると信じていた。
そんな青春も、セピア色になっちゃったけどネ！
今、思うに「無償の愛」が、純白な愛なんだと……。

ボクがまだ、Kiss を知らなかった頃、
古いお母さんの写真を見て、マーガレットの様な母に、
初恋をした事を、心に熱く覚えているナ〜ア。
そんな青春も、セピア色になっちゃったけどネ！

ボクがまだ、Kiss を知らなかった頃、
よく、ジャニス・イアンの Love is Blind を歌ったナ〜ア。
そんな青春も、セピア色になっちゃったけどネ！

ボクがまだ、Kiss を知らなかった頃、
古い映画を観て、よくソフィア・ローレンの情熱的な愛に憧れたナ〜ア。
そんな青春も、セピア色に変わっちゃったけどネェ〜。

和泉なおふみ

枕に頭をあずけて！

疲れ果てて眠れない夜は昔のアルバムを広げて想い出に酔いしれて戯れている！
赤ワインのグラスに美しかった愛のかけらの情熱をため息と一緒に注ぎ込んで
赤ワインに映る星の輝きと夜景をあの日の想い出と共に飲み干して泥酔しよう！
そしたら、あしたの夜はあの日の想い出と共に枕に頭を優しくあずけるだろう！

眠れない夜は大きな満月を見上げて好きな人の名前を夜空へ囁こう！
私が君に告白出来なかった自分を君よりも大事にしてしまった卑怯者だった！
突然月の光が曇で閉ざされて闇が訪れようが、自分の信じる光を燈に変え！
そうしたら、あしたの夜は、あの日の想い出と共に微笑む事が出来るだろう！

恋はまるで熱病の様に体が情熱の如く燃えて、そして突然愛の源泉が涸れてしまう！
陽炎の愛を求めて行き着いた場所は、魔法の愛の呪文を唱えて再び愛を信じる居場所！
そうしたら、あしたの夜は気分良く上瞼と下瞼が仲良くなれると苦笑いをした！

相手を好きになった時間を過ごせて、尚更私に微笑みを与えてくれてありがとう！
有体の自分を相手に曝け出し、恋の背伸びなどせずいつも君を心に抱き熱愛したい！
そしたら、夢の中であの愛をふたたび触れる事が出来るだろうと満月に微笑んだ！

和泉なおふみ

変哲もない日々

鏡よ！　鏡よ！　不思議な鏡さん！
私のたわいない話を聞いてよ！

私の人生の中でストレスや悩み事という言葉が、私の辞書から消えてしまって
尋常な日々を感じて時を流れる様に迎えられたら、どんなにありがたい人生だろうか！
別にお金持ちになりたいとか、ハリウッド・スターの様に日々を輝かしく生きたいとか
有名になって誰も私の事を知らない人がいないとは願ってはいないのよ！
なにげなく素直な自分自身を、この命太陽が燃える限りに演じ続けたいだけなのよ！
そして、私はしあわせな何の変哲もない尋常な日々を風と共に感じたいだけよ！

鏡よ！　鏡よ！　不思議な鏡さん！
私はたわいのない、愚か者ですか？
それとも、私はどうなの？　不思議な鏡さん！

鏡よ！　鏡よ！　不思議な鏡さん！
私はたわいのない、生き字引ですか？
私はそうなの？　不思議な鏡さん！

　　　　　　　　　　　　　　　　　　　　　　　　　和泉なおふみ

狛犬

愛犬が永遠の眠りについてしまったら、また仔犬を飼う事で過去の愛犬の供養に繋がる！
愛犬を失った喪失感を心に埋めて、仔犬と戯れ過去の犬との思い出や笑顔も運んで来てくれる！
ボクより後に生まれた愛犬がボクより年を取っている姿を、時間の残酷さと思い眺めている！
ボクの人生の始まりから終わりまで一緒に砂浜を駆けずり回ると心から約束した潮風の中で！

いつの日か、君が虹の架け橋を渡る日が来ようとも、手を振り笑顔でさよならが出来るよ！
ボクが胸を締め付けられる悲しみの中で泣いていた、秋の冷たい風吹く夕焼けの井の頭公園で、
君もボクの悲しみを心に感じてくれた！　枕も一緒に濡らし、そばにボクを感じてくれた！
君の鼻をボクの指に押しつけて、君はボクにいつもお願いやクッキーのお強請りをしたよネ！

楽しかったよ！　「おかえりなさい」と言わんばかりに玄関の前で大騒ぎしてくれたよネ！
忘れないよ！　ボクの事をいつもつぶらな目で見つめてくれたネ！　ボクも君が大好きだよ！
ありがとう！　何処へ行くにも後をついて来てくれてずっと一緒と尻尾を青空へ振ってくれたネ！

いつの日か、君が海を帆走して、空の彼方へ消えようとも、ボクの涙で虹を空へ描くよ！
ごめんネ！　もう少しの時間一緒に生きる事が出来ずに、ひとりにしてしまい！　ごめんネ！
ボクの人生に愛犬を授けてくださり、そして、輝きと潤いを注いで下さった神様ありがとう！

和泉なおふみ

涙の切れっぱし

ふっと、本の間から溢れ落ちた手紙の切れっぱし！
私の涙で文字がにじんでいて水玉模様みたいだった。
あの人の友達から私へ宛てた手紙だった。
その後の、あの人の近況を知らせ届いた手紙だった。

今となって、冷静に読む事の出来る恋の果てを述べる手紙！
あの当時は、世界中で一番不幸な自分と思っていた！
幾たびも見送る季節と共に、せつない想い出が薄れて行った。
あの人の友達があの人の不幸を告げる手紙を私へ届けた！

今となっては、私の人生の1ページにしか過ぎない過去の恋物語だった！
涙で文字がにじんでいる手紙の切れっぱし、恋の切れっぱし！
涙の切れっぱしを大切に宝箱に閉まっていたわけではないのだが……

枯葉が蝶達に見えるような秋の日の午後の風の中で、
涙で文字がにじんでいる手紙の切れっぱし、涙の切れっぱしが
私の心の扉の前に、未だに輝いて枯葉のように落ちていた！

　　　　　　　　　　　　　　　和泉なおふみ

写真　山口勝也

あなたがいる場所

学校であなたといつもすれ違い、声をかける瞬間が合わずに待ちぼうけ!
あ〜ぁ! そうするとあなたに会える場所は切ない夢の中でしかないだろうか?
恐怖と希望を抱いているうちにあなたは季節と共に移ろい去って消えてしまう!
このまま相手に告白せずに、未来の自分がひとり後悔する姿も見たくないです!

それとも勇気を出して、熱い瞳をあなたへ発信してあなたの心を操りますか?
それとも夢の中で自分の恋に恋して、ひとりよがりの恋に満足して笑っていますか?
学校であなたに会えても言葉を投げる事の出来ない小心者の私は恋の道化師かも!
いっそうの事、私のやりきれない気持ちと共にこのまま夢を見ながら死んでしまいたい!

それとも放課後の教室で何気なく、あなたの前でお財布を失くした振りをしますか?
そして、あなたと夕焼けに染まっている帰り道を歩いて恋の予感を感じますか?
「そっとあなたの腕の中で包まれて永遠に眠ってしまいたい」と愛の呪文を唱えますか?

あなたが描いているあなたの人生の夢の数々と一緒に過ごせるのならば……
「私の夢をあなたの夢に乗せて人生を共に歩んで行きたい!」とあなたへ伝えたい!
きっと、そんな偶然が来るように願うよりも、私みずから運命を産み出して行こう!

和泉なおふみ

Picture   Simon W. Rodgers
写　真　サイモン・ロジャース

青空へのドライブ

車に乗っている時、このままアクセルを強く踏めば空へ届くと思ったけど……
ミラーに映るもうひとりの自分が苦笑いを俺に向かってして、そして
「そんな死ぬ勇気もないくせに！ 甘ったれるな！」と言ってくれた。
でも、このままアクセルを強く踏み、青空へ車をぶつけたかった。

裏切られた涙が頬をつたわり、そして心に沁みていった悲しみだった。
だけど、風だけが俺の肌にやさしく触れてくれた夏模様の青空だった。
風だけが俺の涙を吹き飛ばしてくれる、さよならのドライブだった。
だからこのまま青空へ死のドライブに、出かけようと思った。

大切な宝物と輝いた想い出をめちゃくちゃに砕き壊してしまい、
花壇の黄色い花達を踏みけちらし、死にたい気持ちを切り刻んでしまい、
もう仕方なく、このまま青空へ死のドライブに出かけようと思った。

泣きながら車のにじむガラスを通して見る未来と絶望という標識を見送りながら
幾度となく裏切られた涙が頬をつたわりこぼれ落ちて、心に沁みていった悲しみだった。
もうどうしようもなく、このまま青空へ死のドライブに出かけようと思った。

和泉なおふみ

Picture　Simon W. Rodgers
写　真　サイモン・ロジャース

ひとり歩き

ひとりきりになっちゃった！
二人っきりを卒業しただけ！
少しさみしいけど……
ひとりっきりで歩くのも気楽だよ！

でも、強がりはよすよ！
ひとりっきりになっちゃった！
やっぱり誰もいない！ 月の光の中にも！
いいだろう！ 素直になればいいのサァ！

だから、今夜だけは泣けばいいじゃあん！
だって誰も気になんかしていないよ！
君の声にも出来ない悲しみなんか！

だから、今夜だけは泣けばいいじゃあないか！
だって誰も聞いてはいないよ！
君のすすり泣く声なんか！

　　　　　　　　　和泉なおふみ

Picture　Simon W. Rodgers
写　真　サイモン・ロジャース

蜻蛉

蜻蛉と追いかけっこした素敵な想い出もあるけど
極楽蜻蛉と言われた事のあるボクですけど
尻切れ蜻蛉にならぬように人生を振り返らず
一直線に青空に向かって高く飛んでみるよ！

そして、自分の心の中の邪悪を蜻蛉切りして行きます。
愛犬ゾロ君、何しているの？　ダメ！
家に入って来た、蜻蛉をいじめないで!!
だって、ご先祖様の里帰りでしょう！

青空へ投げてあげようよ！　いいだろ！
蜻蛉帰りしてくれてありがとう！　ボクの蜻蛉様
青空だから蜻蛉は空へ高く高く飛ぶよ！

ボクの心の中の雨はもう止んだから！　いいのサァ！
もう一度ボクも、一直線に青空へ向かって高く高く飛んでみせます！
だから、蜻蛉帰りしてくれて蜻蛉さんありがとう！　ボクのご先祖様！

　　　　　　　　　　　　　和泉なおふみ

写真　今井延夫

東京の街が好き！

木枯らしの吹く青梅街道沿いの歩道を歩いていると人恋しくなる！
人ごみの中に逃げ込んでひとりぽっちのさみしさをごまかす自分！
愛している人がふるさとに去り、ひとりでいる究極的なさびしさ！
だけど、ボクは東京の街が好き！　想い出がまるで昨日の事のようだから！

他人につれなく無関心で冷たい人ばかり歩いているような雰囲気がする！
そして、渋谷のスクランブル交差点で人々が肩をぶつけあいながら
まるで喧嘩をしながら歩いているようにも見える人ごみの光景！
だけど、ボクは東京の街が好き！　人間模様の街だから！

他人に薄情な冷たさが時には、優しさや温もりに感じられる時がある！
そんな皮肉っぽさを彩る夜景の美しさも披露してくれる高層ビルの輝き！
だから、ボクは東京の街が好き！　涙の数だけ誰かに優しく出来るから！

仕事は何？　結婚は？　どこから来たか？　どこで、生まれたか？
そんな、濡れ事や野暮な話などお構いなしの大都会の生活！
だから、ボクは東京の街が好き！　だって、夢が実現する街だから！

　　　　　　　　　　　　　　　　　　　　　　和泉なおふみ

写真　ハルンあきひろ

俺達はどうして結婚なんかしたんだろう？

風がいつも、結婚したい時が結婚適齢期と噂している！
女性達は優しさを美徳や贅沢と考え、優しい人と結婚したいと言う！
お前の微笑みを終生苦楽に、ずっと見続けると思った結婚式の鐘の音が響いた日！
この世界が終わりの日を迎えようとも、俺達の愛は永遠に生き続けると信じていた。

天使のささやきも、鳥達のさえずりさえも今となっては地獄絵のような叫び声だ！
絶望というのは、悲しい事や楽しい事を感じなくなってしまった時かも知れない！
「みんな俺達を見ててくれ！ 離婚しても今まで通りずっと仲の良い友達でいられるから！
俺達は愛し合っているけど、ただ求める夢の方向性が異なっただけなんだ！」

俺達の最愛の子供を天国へ見送った後に、想い出にすがり過去に取り憑かれた！
想い出の写真を見る度に、しあわせだった写真の中に居座っていた。
「俺達は離婚しても、今まで通りに友達のように愛し続けしあわせだから！」

あの時に俺達はずっと一緒にいたいから結婚したんだろう？ なぜこうなったんだ！
銀行口座の金は半分、家はお前の取り分！ 今までの二人の赤い糸は切りますか？
残った熱愛はどちらの取り分？ それとも俺達の化石の愛を焼き捨ててしまおうか？

和泉なおふみ

写真　本田志麻

I love you! 〜831〜

つばさ！ そんなに泣かなくってもいいじゃあないの？
縁がなかったのよ！ すべて、嘘だったのよ！ エリックとの出来事は！
国際結婚は、なかなか難しいっていうじゃあないの！
言葉の壁もあるし、あたいの友達の洋子がオーストラリア人の
男性と結婚したけど10年で離婚しているわよ！
ほとんどのオーストラリア人と結婚した日本女性が10年を区切りに離婚だって！
恥ずかしくって子供を連れて日本へ帰国しない女性もいるとか？ つばさ！
驚きだよネ！ 国際結婚はパラダイスと思っていた、あたいだけど！

【なおみ！ つばさは今はそんな事は、聞きたくない！ エリックはアメリカ人だもん！
エリックは、つばさに言ったもの！ 運命の出会いだって!!ウフフ！ それに、
831ともつばさに言ったわ！】

それ！ どう言う意味なの？ つばさ！

【I love you! という意味よ！ 8つの文字で、3つの単語で、1つの意味よ！】

ヘェ〜なるほど！ つばさ、エリックって意外にロマンティックな男ネ！
つばさ！ だけどネ〜！ 京子が……
【何が言いたいのよ！ なおみ！】
エリックは、どの女の子にも「I love you!」って言うみたいよ！
【つばさには特別なの！ なおみ！ もう何も聞きたくない！ なおみなんか大っ嫌い！】
ハ〜ァ！ もう！ いい加減に、泣くのはやめなよ！ つばさ！
あたいまで、泣きたくなるじゃあないの？
あばたもえくぼ！ 好きになった人は誰でも天使に見えてしまう！ 恋は盲目か!!
だから、サァ〜！ 泣かないでよ!! つばさってバ〜ァ！

和泉なおふみ

831 Meaning「I love you」
Eight Letters, Three Word, One Meaning

写真 増山正巳

愛のお裾分け

年輪を刻んで人生を送って行くと、男とか女とか関係なく人間として見方が変わる！
プラトニック・ラブ、人間愛もしくは無償の愛に変わってしまうんだよ！
愛は永遠に続くとは限らないし、花が枯れるように愛にも終わりが来ます！
愛も幸せもあなたの考え方次第で変わる。また愛の種を自分の心に投げつけてみる！

そこからまた自分の愛を産み出して、人々にその愛をお裾分けしてあげれば、
人生も花が咲き乱れるように素晴らしい日々を過ごして行けると直感します！
心から生まれて来て良かったと想うように誰かに微笑みたいから！
自分の人生の終止符の日にそのように想いたいから！

だから、青空を見上げながら、また愛の種を自分の心に投げつけてみる！
そこからまた自分の愛を探しながら、人々に笑顔をお裾分けしてあげれば
人生の風の冷たさも、夏の涼しさへと思えるように人生を歩んで行ける！

この世に、生まれて来て良かったと想うように！
自分の人生の終止符の日を想い、終活の支度をしたいから！
そして両親へ「ありがとう！」と最後の言葉を馳せたいから！

和泉なおふみ

写真　小澤直之

ひとりごと

大学生の親友と卒業式で別れる時、親友がこんな事をぼくに言った。
「大丈夫だよ！　和泉が困っていれば、必ず誰かが助けてくれる！
川を渡って向こう岸へ行きたいと思っていたら、
誰かが船に乗せてそこまで、連れてってくれる！

和泉は、俺の船を降りる時が今来たんだ！
必ず誰かが、和泉の行きたい場所まで、連れてってくれる！
俺行くよ。サヨナラ元気でな！　和泉、がんばれよ！」
そして、何年かの月日が経った今、親友が言ったこの話は、真実だった！

何人かの人達が、ぼくを船に乗せてくれてお互いの身の上話を語りあった。
何人かの人達が、ぼくに米を与え、渇いたのどを水で癒してくれた。
そして、人生を生き抜けてこられた。誠にありがとうございます。

人生の予告もなしに、突然きょう仕事を辞めました。
今ぼくは川岸に立って、ボ〜ッと青い空を見上げながら、
次の船がやって来るのを信じて、冷たい風に吹かれて待っています。

　　　　　　　　　　　　　　　　　　　　　　　和泉なおふみ

無償の愛

「ねえ！　君は今何が欲しいの？　言って御覧なさい！！」
私は今、お金もお米も、そして何も望んでいません！
あの人が傍に居て、菊の花の様に微笑んでくれるだけで……
あの人が傍に居て、すずめの様に語りかけてくれるだけで……

「ねえ！　君は今何を探しているの？　教えて下さい！！」
惜しみない優しさを、あの人へあげたい！　届けたい。
あの人を、そっと犬の様に、見つめているだけでいい。
あの人を、そっと猫の様に、抱きしめたい！

ただ、ほんの少しでもいいからあの人を傍に感じていたい！
ただ、愛が欲しいだけで、あとは何もいらない！
そっと、あの人を心に描くだけでいい。

愛を欲しがれば欲しがる程見えなくなる、分からなくなる、そして伝わらない？
ただ、愛が欲しい！！　だから、それ以上何もいらない！　ただ、それだけでいい！
「そんな気持ちを抱く人間は、世界中で一番の欲張り者だ！！」

和泉なおふみ

因果応報

嘘をつく事は決して実行してはいけない行動で、人を操る事だ！
1つの嘘をつく事で、もう1つの嘘を産み出さなくってはならない！
幾つもの嘘の中で、どの自分が自分なのかを見失い破滅してしまう！
嘘はいつかは、バレてしまうので、そんな無駄な時間を費やさない！

鳥が生き延びる為に、必死に蟻達を手当たり次第に食べている！
そして、鳥が空を飛ぶ事が出来ず、息を止めて死に絶えた時に
蟻達は待っていたかのように、生き延びる為に無我夢中で鳥を食べる！
この世は皮肉にも共存関係で成り立っている！持ちつ持たれつとでも言おうか！

時間が経つにつれて次第に世の中の状況が諸行無常の響きが変わって行く！
自分の鐘の音の響きが良い時に、悪い鐘の音の響きの人を笑ってはいけない！
自分が危機一髪になった時に、誰も手を差し伸べてはくれないからだ！

だから、嘘や人を傷つけて笑って楽しんで理不尽な行動は実行しない！
そして、自分を信じる事を忘れずに夢を抱き力強く人生を切り抜け歩んで行く！
そして、あくまでも自分の意志を貫き通す信念が大切である！

沫雪

今夜も月の光が私の悲しい涙を、月だけの光の優しさに頼り、美しく照らしてくれている！
辛い時に、優しい言葉をかけてくれる人が誰一人もいなくなってしまって涙溢れている！
真っ白な銀世界に一人泣き崩れて、膝を抱えながら月の光の中で沫雪に埋もれるまで泣いた！
「大丈夫と沫雪の様な弱い自分を励まして明日の道に猛進するからネ！」と強がったりした！

あの人のそばへ行きたいと電話すると、あの人が受話器を取り子供の笑いが聞こえて来る！
あったかいココアを飲んで元気を出してひとりでとにかくぐっすり眠らなくっちゃ駄目だネ！
あの秋の日の窓から眺めた枯葉が窓ガラスを叩く音が、あの人の足音と錯覚した虚しさ！
あの夏の日の日焼けした唇に優しく接吻をした熱い念いも未だに冷める事なく感じる！

涙が止まらない！　振り向けばあの人の笑顔が見えるようでどうしても、涙が止まらない！
バースデー・パーティーを開いたんだけど、招待した友達が誰一人も来てくれなかった！
ひとりで蝋燭の炎をボーッと脱殻の様に眺めていたら、あの人だけが駆けつけて来てくれた！

涙が止まらない！　思い出す事はあの人との楽しい日々ばかりでどうしても涙が止まらない
あの人の声を一言聞きたいと電話すると、あの人の愛した人が受話器の中で微笑むばかり！
悲嘆の冠雪が降り積もる雪景色を眺め「私の歎きの涙を止めて！」と、あの人の名を心馳せた！

和泉なおふみ

愛は歯車、それとも風ぐるま！

結婚生活が長くなるとお互いに歯車のようになり、
相手なしでは生活が回らない仕組みに関係が築き上がる！
相手の車輪が止まってしまうと自分の車輪も止まってしまう！
お互いの背負って行く荷物も次第に増えて重みが増して行く！

だから、いざ愛が終わってしまってもその歯車を止める事が誰にも出来ない！
結局愛のない偽りの結婚生活がくるくる回る風ぐるまのように風に吹かれて続いて行く！
無味乾燥にくるくる回る風ぐるま、虚しい風、切ない風、それともやりきれない風
屋根の風見鶏も、風が吹くたびに四方八方へ行き先を変えて行くお調子者だ！

捨てたい愛の気持ち！捨てられない愛だった想い出！
愛はしがらみの歯車、それともくるくる空回りする風ぐるま！
お互いに笑う訳でもなく、濃厚な接触もない！憎しみ合って言い争う訳でもない！
ただ、二人のテーブルは無言だけの空気が漂っているだけ！
サヨナラを言うタイミングさえも心に秘めて、相手を愛する気持ちとは裏腹に！

相思相愛だったと信じていた二人の過去の足跡さえ残っていない！
壊したい愛の気持ち！壊したくない愛の誓い！
死んでしまわなければ止まらない、愛の歯車、それとも風ぐるま！
絶交という言葉を使うのが、簡単だった頃に戻れたら
このしがらみの関係にも終わりという文字があるだろうに！

過去も現在も二人は回り続けた！そして、未来も続く愛の歯車、それとも風ぐるま！
たとえ、水魚のような夫婦でさえも愛別離苦からは避けられない無常の人生！
遅かれ早かれ、この息尽きるまで続くだろう愛の歯車、それとも風ぐるま！

　　　　　　　　　　　　　　　　　　　　　　　和泉なおふみ

Picture　Simon W. Rodgers
写　真　サイモン・ロジャース

永遠の愛

子供の時に頭の良い人になれるように神様へお祈りをしました。
そして、誰かボクのそばにずっと居てくれる人を願いました。
「永遠の愛」は、信じていないけど！ だけど！ だけど……
死ぬまで一緒に、季節を感じ過ごしてくれる人を希望しました。

ボクの友達はいつも一緒に居てくれて嬉しい！
たとえ誰かがボクの気持ちを傷つけても、いいんだよ！
泣きたい気分になったとしても涙をぬぐって頑張る！
土砂降りの雨の中で泣けば誰にもボクのしっぽを見られない！

永遠の愛は信じないけど、諦めたわけじゃあないけど、だけど……
人間愛を信じています！ かすみ草のような恋を捨てたわけじゃあないけど！
溢れるほどの友達がボクの悲しい気持ちをほぐしてくれる。

人間愛を「永遠の愛」と信じます！ それが何よりのボクのしあわせ！
もしもたとえボクのそばに誰も居なくても！ やさしい時間が来なくても！
人間愛を「永遠の愛」と信じて生き、そして、後悔なく季節を迎えます。

         和泉なおふみ

写真　山口勝也

そっと、私を抱きしめて！

あなたに逢いに東京からバスに乗って北国へ行ったよ！
バスの窓ガラスに映る山形、秋田の風景は万華鏡を覗くようだった！
空が近くに感じて「この空も外国につながっているんだな！」と考えた。
ものすごく空気が吐く息よりも透明で、鳥海山の雪が私の心を白く染めて行った。

しかし、万華鏡の窓ガラスに映った私の心はすっかり汚れ歪んでいた！
覚えていたと思っていたが笑う事をすっかり忘れてしまっていた。
いつも空は美しいとは限らないけど、人々は親切ではないけど、
だけど、そんな人に無関心な、東京が居心地よくやさしく感じる。

北国で残念だったけど、雲が意地悪をして星を見る事が出来なかった。
だけど、私のほっぺたに何度も何度も流れ星が流れ散った。
だって北国の人々が温かかった！　だから、小雪の季節にあなたに逢いに来るよ！

津軽の冷たい風もただそっと、やさしく私を抱きしめてくれるだけ！
いまだにあなたの温もりが握り拳に残っている！　また、あなたに逢えるかナ〜ァ？
今際の果てに、私の心は言葉を失くしてしまった！　もう何もいらない！

和泉なおふみ

写真　渡会三津

憶念

もしも、君が何か悩んで苦しんで眠れない夜を過ごしていても、
ボクは、君には何一つ気の利いた言葉や何も助ける事は出来ないけど、
いつも夜空の星の輝きの様に君を遠く離れた場所から見つめているよ！
満天の星空を眺めていると人生の尊さを輝きに痛いほど感じるよネ！

永遠にこの素晴らしい星の輝きを見る事は出来ないボク達のやるせない命の短さ！
だから、お願いだから悲しい出来事は忘れて笑顔で生き続けようよ！　なぁ！
そうすれば、嘘偽りなく人生って素晴らしいと思える様になるからサァ！
心の中で泣いてもいいんだよ！　笑顔で邁進していれば幸せがツイテ来るから！

ボクは、君にどんな険しい出来事に遭遇させられても笑顔でいると約束するよ！
たとえ、天使達がボクの心をナイフで傷つけ様とも、嘘を投げつけて来ようとも！
あしたの空を見上げて微笑み、ひまわりの様に太陽に向かって邁進して行くよ！

だから、君もボクに約束してくれよ！　何があろうともいつも笑顔でいてくれよなぁ！
たとえ、天使達がボクとの約束を破って友達の絆を踏みつけて、信用や信頼を砕いても！
悪魔にはなれないボクは自分の人生は素晴らしいと、のべつ幕なしに綻ぶだろう！

和泉なおふみ

永遠に好きだから……

ボクは、とても恋が下手くそ！
相手のことを、おもいっきり好きになってしまい、他が見えなくなり
朝から夜まで、相手の事ばかり気にして考えてしまう。
こんな気持ちは、とても誠実でいいと信じていた。

相手にとっては、とても負担になり嫌われてしまうみたい。
永遠なんてないと思っても、どうしても人を好きになってしまう。
悲しい恋をしでもいいから、人を好きになる気持ちだけは、覚えておきたい！！
いつかは、悲しい恋にも慣れると思うけど……

そして、きっといつか本当の恋に出会えると信じ生きてく。
でも、いまだに愛を言葉にする事が出来ない自分？
永遠に好きだから……　　一番君が好きだから……

永遠なんてないから、今永遠を信じたい！！
一番君が好きだから……　　永遠に好きだから……
今、永遠を信じたい！！　　だって、永遠なんてないから……

和泉なおふみ

親不孝者

自分の夢を叶える為に、自分の野望と意志を貫いてしまった！
そして、そんなつもりはなかったのだが、親不孝をしてしまった！
親の面に泥を塗るつもりではなかったのだが、ボクの行動と考えは裏腹に！
でも、親不孝をしていなかったら、自分の夢を叶える事が出来なかった！

親不孝をしてしまったけど、人間失格とは言って欲しくない！
そして、自分の人生に後悔を残したくないから、時間は戻らないから！
親を泣かせなかったら、自分が後悔の中で泣き崩れていたから！
恩知らずとののしられ恨み言をいわれて、後ろ髪を引かれる毎日だった！

親不孝をしてしまったけど、人間失格とボクを呼ばないでくれ！
しかし、自分の夢を獲得した時に、両親も一緒に喜んでくれた。
そして母が「元気な笑顔で帰って来てくれてありがとう！」と言った。

親不孝をしてしまったけど、人間失格のレッテルを世界中に伝えないでくれ！
しかし、自分の夢を握り拳に掴んだ時に、両親も一緒に喜んでくれた！
そして父が「親より先に死ぬんじゃあないぞ！」とつぶやいた！

　　　　　　　　　　　　　　　　　　　　　　　　　和泉なおふみ

写真　和泉なおふみ

運命

子供の時しあわせは、1個しかないと思っていた。
この地球に沢山人間がいるように、
しあわせも色々あると、最近、考えています！
自分の物差で、相手のしあわせをはかるのは、止めようと思っています。

ぼくのしあわせは、愛している人と死ぬまで一緒にいることです。
世界で一番の欲張り者かもしれない！！！　ぼくは……
もしも愛している人と死ぬまでいられるならば、
神様に、ぼくの寿命を10年あげます！

たとえ1年しか命がなくなってしまったとしても、
よろこんで「神様、ありがとう！」と言います。
だって、それが、ぼくのしあわせだから……

よろこんで「神様、ありがとう！」と言います。
だって、これが、ぼくの運命だから……
だから、よろこんで「神様、ありがとう！」と言いたい！！

和泉なおふみ

生死の一大事

人は死んだら何処へ行ってしまうのだろうと思い及んで夜空の星を見ていた二十歳の頃！
未だにその疑問が解けないボクの二十歳の頃の未解決な宿題を心に密かに留保している！
もう、折り返しの人生を世間の冷たい風に頬を叩かれて邪険にされても精進しています！
生ける屍のように車を飛ばして家へ帰ったとしても、もう誰も待つわけでもないし！

予定通りに人生が訪れるとは限らないから寄り道して一息入れて、勇往邁進しようよ！
さようなら！　五十四歳の夏に、風のように消え去ってしまった母の死は青天の霹靂だった！
だから四鳥別離の悲しみを殺し、人生を明るく気力を漲らせて太陽に向かって生きて行くよ！
お母さん！　ボクの声が聞こえる？　ごめんネ！　手紙の返事をいつも忘れてしまって！

お母さん！　お願いだから！　そんなにボクに会いたいなんて言わないで！
お母さん！　お願いだから！　死ぬ前に一目ボクに会いたいなんて言わないでくれ！
お母さん！　本当にごめん！　ボクは受話器を落として、母の断末魔の叫に泣き崩れた！

母の枯骨を手にして、庭で狂い咲きの薔薇が青い空の下で、母の笑顔のように風に靡いている！
必ずボクが大死底の人物になった時に、母に再び会える事を信じて送り火を灯し邁進して行く！
幾度の無常の風に人生と共に耐え、自分を見付け鞭影を鍛え鋭意努力を怠らず夢を実践に移す！

和泉なおふみ

写真　山口勝也

人生通過儀礼

人生を歩んで行く過程で、どうしても諦めなくてはならない
無常の出来事に、波のように幾度かぶち当たると思います。
そして、季節の花を眺めながらどうにもならない事を悟り始めます！
悟りを悟りと思わないように自分をごまかした時もありました。

諦めた訳ではないけど、どうにもならぬ事を知りました。
激しい雨に打たれ、疲れ果てて眠り込んでしまった悲しい夜！
そして、悟りを認めざるを得ない孤独な自分にひたすら泣きました。
悟りを悟りと考えないように他人に成りすましました時もありました。

夢を捨てた訳ではない、どうしようも出来ない事に気づいた。
それも、悲しみを乗り越えて生きる為の人生通過儀礼ですよネ！
そして、悟りを認めざるを得ない自分が過去にすがって泣いていた。

そして、いつの日か死んでしまうのなら、生まれて来なければ良かった
などとは考えないように悔いのない命を歩んで行こうと祈りを繰り返した。
この世に生まれて青空を飛ぶように生きて人を愛し、悔いなく死んで行きたい！

和泉なおふみ

Picture　Simon W. Rodgers
写　真　サイモン・ロジャース

古希

頭の中で分かっている知識でも、なかなか寔に理解する事は難しいく知識を行動にしたい！
人間も含めこの地球上の生きものは生まれ育ち年輪を刻み、解っているけど老いて死んで行く！
そう自分自身で頭の中で理解しつつ、自分の心の中では70歳なっても承服しかねてしまう！
それは、人間が生きて行くには、極めて自然な事かもしれないし、気づかないふりをしている！

家族の誰かが落命して「人間は生まれ育ち、そして老いて死んで行く！」事を生で見て感知する
その裏腹に自分が生きてる偶然の素晴らしさを感じ、人生をこの上なく愛おしみ命に感謝する！
ボクもこの頃、自分の末枯れる姿を見て日毎夜毎に身に染みながら人生を追懐する限りです！
老いる事はとても素敵な事だと痛覚する！　知識、経験が人生に増え、恐怖をほぐしてくれる！

大空と海原を丘の上から眺めながら、ボクも地球上の一部に過ぎない一つのかたまりなんだ！
世代をかえてこの地球上の生きものは永遠に生き続ける素晴らしい瞬間だと紫空へと憫笑した！
若い時には感じなかった老いる事を静かに、そして素直にその道の終わりを受け入れている！

生きているって素晴らしく永遠と信じたいが、腹に落ちない自分の気持ちを押し殺した！
誰が何を言おうとも、自分の尊厳の死を大切に抱いて、笑ってもいい、泣いて生きて邁進する！
人生七十歳で健康で生きているご褒美と思い命尽きるまで感謝を続けこの世を笑って去りたい！

　　　　　　　　　　　　　　　　　和泉なおふみ

Picture　Simon W. Rodgers
写　真　サイモン・ロジャース

命 数

時々子供の頃に夜空を見上げた頃の事を追想しながら、星の輝きをボーッと眺めています！
あの一番大きく輝いている星まで行ってみたいと思い、時間を忘れて夜空を見上げていた！
庭の白い夕顔が星の輝きと共に踊る花びらが風に揺れている風景を見て私の恋心をかき回す！
ふっと「三丁目の萬屋のおばちゃんが他界した。」と母が言ってた事を思い出し星を見ていた！

しかしその星へ行くまでに自分の寿命が終わってしまうと考えると人間の一生の長さは
点のように短く、宇宙に比べれば人間の人生は一瞬にしか過ぎないのだと痛感します！
縄文時代から江戸時代の平均寿命が三十年から五十年、そして昭和の戦後を過ぎてから
人生五十年を越えて、平成には人生八十年の時代を迎え令和には、人生百年の時代が到来した！

人間みな天から授けられた運命をそれぞれ認知して、命数の数字を手にして生きている！
還暦、古希、喜寿、傘寿、米寿、卒寿、白寿、紀寿の百年人生の参着だ！
どの数字を握りしめても有痛性になる人生か、穏やかな人生になるのかとは限らない！

人間みな天から授けられた運命をそれぞれ認知して、命数の数字を身につけて生きている！
二十路、三十路、四十路、五十路、六十路、七十路、八十路、九十路、輪廻を信じて！
どの天命が待ち受けているかは、誰も判らないが自分の心持ち次第で季節の如くに変わる！

和泉なおふみ

甘美なひととき

花を育てるのに興味を持ち始めた時には、欲の皮を突っ張らせてこんな花を
次の季節にボクの花園に育てようと頭の中で虚像の智慧の花が咲きこぼれていた！
また、季節の花を四季折々に眺め花鳥風月を心に翻らせ充実感が咲き誇る中で
今度は、人生に一輪の大輪の花を青空へ輝かせて咲かせたいと思考を巡らした。

ボクが生きている世界の中で、成功という人生の大輪の花が人気を博すだろうか？
その誰しも願う青雲之志の花は若者達の幾つかの野心にあふれた夢の一つに過ぎない！
自分がこの世界に生きていて夢の花が咲こうとも、咲かなくとも！　で、実らなくとも！
いいじゃあないか！　自分がこの世界にいなくなり夢の大輪の花が咲きこぼれようとも！

己に素直に生き、七仏通戒偈を紙に書き己の心に呪文のように黙読し己自身を浄化させるんだ！
そして、どの道の花が咲くか損得勘定に左右されずにその花へ夢を育んで丹念に育ててみなよ！
そして虚しさを金剛心に変えて残りの人生を過ごすにはこの上ないしあわせな瞬間を感じるよ！

いいじゃあないか！　ボクの夢が朽ち果てたと神様から引導を渡されても！
いいじゃあないか！　どの道を邁進しても有無同然に痛苦な人生が待ち受けているから！
いいじゃあないか！　それも天寿の人生を過ごすには、甘美なひとときを味わえるよ！

　　　　　　　　　　　　　　　和泉なおふみ

七仏通戒偈（しちぶつつうかいげ）
悪い事をせずに、善い事をして、心を清めなさい！

悲しみは夜の闇の海へ消え去って！

日が沈んでしばらくしてから、沼津の千本浜へひとりで海を見に行った！
初夏の堤防の上から見た波に揺ら揺ら海に映る月が、果てしなく美しかった！
波の向こう側は、まだ日焼けの温もりが残るあの白い夏の想い出の石廊崎！
東海道新幹線が風と追いかけっこしている方向は、ボクの愛した君が住む富士！

そして、駿河湾の遥遠の先は、どんな色の海なんだろうと想像して憧れた外国！
そう思いながら、海に映るキラキラ煌めく月を眺めながらしばらくの間泣いていた！
友達に依存して、期待して、更に友達の性格を変えようとして裏切られた事に泣いた！
初夏の闇のしじまの中で、海に映る月が果てしない地平線に美しいから只管泣いた！

国道1号線を車で飛ばしている時「富士山が綺麗」と君が言った事を偲んで泣いた！
君を探しに迷路に入り彷徨い君をも見失い、不甲斐ない自分の意志の弱さに泣いた！
いつか南伊豆で見た、海に架かる虹を雨上がりの青空で見た事を思い起こして泣いた！

ボクの悲しみが夜の闇のさよならの海へ消え去ってくれる事を願って心悲しく只管泣いた！
優しい潮風の音色、優しい波の囁きが、ボクの泣き声を消し去り微笑みをいざなってくれた！
ボクの現在と過去の悲しみを掻き消してくれた人達へ感謝します！　どうも、ありがとう！

和泉なおふみ

天使の子守唄

子供の頃、大人は偉いと思っていた。
小さな頃、大人になるのが怖かった。
ちっちゃい時、大人を信じていた。
いつまでも、母の腕の温もりの中にいたかった！

そう、願っている間に、いつしか、大人になっていた。
しかし、少年の頃の純粋な心は、決して忘れない！！
たとえ、みんなが忘れてしまっても、思い出せなくっても、
ボクだけは、覚えておいてあげると約束します！

どんなに、季節が流れたとしても……
必ず、覚えておいてあげます！
たとえ、ボクが砂になってしまっても……

どんなに、季節が流れたとしても……
きっと、覚えておいてあげます！
たとえ、ボクが星になってしまっても……

和泉なおふみ

空に悲しみがにじむ時まで…

詩はボクの手紙です！
淋しくって泣いてばかりいたボク！
朝だけは、約束どおりやって来る事を知ってから、
笑えるようになりました。

詩は、ボクの手紙です！
ほんの少しでもわずかでもいいから
ボクをそばに感じてもらえれば、しあわせです！
そして、空に悲しみがにじむ時まで……

この命尽きるまで、ボクと一緒に生き続けて下さい！
たとえ、悲しみが人生の終わりまで訪れても忍耐のみだ！
どん底から這い上がるきっかけを自分で掴みとって下さい！

そして、空に悲しみがにじむ時まで……
この命燃え尽きるまで、ボクと一緒に天命を生き続けて下さい！
だから、ボク達の約束だよ！　きっとだよ！　ごきげんよう！

　　　　　　　　　　　　　　　　　　　　　　　和泉なおふみ

意志あれば道ありき！

崖の花が潮風に揺れて摘む事が出来なかった頃、夢の花を一輪偶然に摘んだ人生の岸壁で、
風に押された拍子で夢の花を追いかけず焦らずに一輪ボクの手の中に掴む事が出来た海沿いで
ひたすら心に念じれば思いが叶うと信じ、焦らず、弛まず、気持ちを集中して怠らなっかった！
大海原に咲く花を観賞しながら足元を見なければ、石があれば道で転んで挫折して道を逃した！

自分の夢を追いかけて、何が欲しいのか何を人生で愉しみたいのか自分を客観的に眺める！
波が来る度にその波の壁を越えられる様に、気持ちを集中して飛び超える意志を学び続け！
このまま雨や風に叩かれても、茨城の道を太陽や月の光なしでも、灯台石には躓かない！
その為には、毎日の一秒一秒を大切に深呼吸をする様に怠らずに小さな夢を個々にこなす！

夢を夢で終わらせぬ様に自分の意志を貫き、自分の心の灯台鬼と戦い勝利を青空へ掲げよ！
突然思いがけない偶然がやって来て、それを掴むか掴まず見送るかは自分自身の決心や決断だ！
意志あれば道ありき！　夢を諦めず闇の世界を模索し邁進しろ！　必ず夢は実現するから！

失敗した時に闇の雲に覆われて、石ころに躓き痛みを感じたとしても残る気力で灯火を探せ！
自分の情熱の炎で闇の世界を照らす灯台という夢の道しるべを探し当てる事を信じて渇望する！
あ〜ぁ！　意志あれば道ありき！　必ず夢は実現して人生に咲く灯台草の花が岬に咲き誇る！

　　　　　　　　　　　　　　和泉なおふみ

Picture　Simon W. Rodgers
写　真　サイモン・ロジャース

夢のかけら

自分が欲しい夢って、欲しくなくなった時に
手に入るものだから、皮肉だよネ！！
でも、はじめから夢をあきらめるのも、癪だよネ！
猫の様に化けて盗んだり、騙したりして勝ち取る勇気もないしネ！

どんな欲しい夢も、どんな大切な宝物も、
自分の手の中に入ってしまうと、ただの夢のかけら。
あんなに星に願った事も、3日間泣き続けた夜もただの夢。
犬の様に微笑んで、何もなかった様に人生を生き続けて行く！

そっと、瞳を閉じて考え込みました。
死にたいぐらい悲しい物語も、死にたいぐらい楽しい物語も、
人生の長さに比べれば、ほんの星の輝きのよう！

そっと、瞳を閉じて未来を描きました。
これからどんな悲しい物語が待っていようと、楽しい物語が来なくても、
人生の長さに比べれば、悲しみも喜びも、ただの星くずのよう。

　　　　　　　　　　　　　　　　　　　　　　　　和泉なおふみ

流 星

子供の頃、握り拳の中に溢れる程の夢を握り締め、大人になるにつれて
握り拳から砂が溢れて行く様に夢も消えて行った！
しかし、夢をあきらめずに、ボク達の消えた夢の砂から星の砂へと変えて
限りない夜空へ輝かせて生きて行こう！

子供の頃、握り拳の中に溢れる程の夢を握り締め、大人になるにつれて
握り拳から夢のかけらが消え絶えて行くように、夢をあきらめて行った！
しかし、夢をあきらめずに、ボク達の消え絶えた夢のかけらから星に変えて
果てしない夜空に輝かせて生きて行こう！

夢のハードルの高さは、人それぞれで、高すぎても低すぎても駄目だ！
自分のしあわせの高さに調整して、飛び越える挑戦を夢が叶うまで続けて行こうよ！
いつの日か、夜空の流れ星を自分の握り拳の中に掴める時が訪れるまで！

人生で風が吹いて来る方向を変える事は出来ないが、自分の夢の方向や思考は
風が東西南北から吹こうが自由自在に星を見ながら変える事が出来る！
夢を諦めずに追い続ける変わらない気持ちを持つ者だけが夢を実現にさせる！

和泉なおふみ

こぼれ話　ふるさと

よく聞かれる質問なんですけど「生まれはどこですか？」
いつもためらってしまいます。
ボクのふるさとは……自分でもわからない位、沢山引っ越ししました。
でもこの風景が一番心の中に焼き付いています。
駿河湾と富士山を大瀬崎の砂浜から眺めた所です。
沼津の街が愛鷹山の裾に広がっています。いつも「ごきげんよう」と
この写真を見る度に、ボクのふるさとへ叫んでいます！
もしもボクが死んだ時、風と一緒に帰ろうと思っています。

Picture　Naofumi Izumi
写　真　和泉なおふみ

著者紹介

和泉なおふみ（和泉修文）

Naofumi Izumi(Tim)　神奈川県大和市出身。
大学の時に文学に興味を持って卒業後も社会人として働きながら、随筆やソネット詩の勉強中にラジオ番組で、詩「青い季節の流れの中で……」が司会に朗読される。
英語の詩を書く勉強の為に1997年3月にオーストラリアのシドニーへ留学。
そのまま移住する。現在はケアンズ在住！

2014年9月25日詩集『空に悲しみがにじむ時まで……』出版
　　（発行：パレード、発売：星雲社）
2017年10月2日詩集『君のことを愛しているよ！ まるで友達のようにネ！』出版
　　（発行：パレード、発売：星雲社）
2022年5月16日詩集『甘美なひととき』出版（発行：パレード、発売：星雲社）
2024年11月1日詩集ベスト『ごきげんよう！』出版
　　（発行：パレード、発売：星雲社）

　　　　ごきげんよう！　詩人の和泉なおふみです！
　　　一度も会ったことのないあなたへ、ボクの詩集を届けました！
　　　　富士山の雲上からふるさとを見下ろした感じです！
　　「夢は、実現するんだなぁ！」あなたへ詩集を渡した瞬間のボクの気持ちです！

ごきげんよう！

2024年11月1日　第1刷発行

著　者　和泉なおふみ
　　　　　いずみ

発行者　太田宏司郎

発行所　株式会社パレード
　　　　大阪本社　〒530-0021　大阪府大阪市北区浮田1-1-8
　　　　　　　　　TEL 06-6485-0766　FAX 06-6485-0767
　　　　東京支社　〒151-0051　東京都渋谷区千駄ヶ谷2-10-7
　　　　　　　　　TEL 03-5413-3285　FAX 03-5413-3286
　　　　https://books.parade.co.jp

発売元　株式会社星雲社（共同出版社・流通責任出版社）
　　　　　　　　　〒112-0005　東京都文京区水道1-3-30
　　　　　　　　　TEL 03-3868-3275　FAX 03-3868-6588

印刷所　創栄図書印刷株式会社

本書の複写・複製を禁じます。落丁・乱丁本はお取り替えいたします。
©Naofumi Izumi 2024　Printed in Japan
ISBN 978-4-434-34812-9　C0092